偷亞提拉的馬的男孩

El niño que robó
el caballo de Atila

伊凡・雷皮拉——著
葉淑吟——譯

給臺灣讀者的一封信

我寫下《偷亞提拉的馬的男孩》，是因為曾經做過一個夢。我經常做夢，夢醒後就將記憶猶新的部分記在紙上，再加以反芻，問自己做夢的緣由。我夢到兩個人被困在一口井裡，他們想盡辦法逃出去，夢到這裡為止。這本書就是從這裡萌芽，他們兩個沒有名字，沒有背景，他們代表集體。我們都是在一種並非平等和正義的制度下的犧牲者，而非常多次，我們出於己身利益，拒絕承認世界是崩解的。希望有那麼一天，我們當中有人能像那兩人一樣解救自己。

Carta al lector taiwanés

Escribí *El niño que robó el caballo de Atila* porque tuve un sueño. Es algo que me pasa a menudo: soñar y recordar lo soñado, lo suficiente como para apuntarlo en un papel, analizarlo y preguntarme sus motivos. Soñé que dos personas estaban encerradas en un pozo y que hacían lo posible por salir, nada más. Ese fue el germen de este libro sin nombres y sin escenario, colectivo en la medida que todos somos víctimas de una desigualdad sistémica e injusta, aunque muchas veces nuestros privilegios nos impidan reconocer que el mundo se deshace. Ojalá entre todos, algún día, logremos rescatarnos.

致塞吉歐

在自由貿易和自由市場的體系，窮國和它的窮人民並不窮，因為其他國家是富裕的。如果其他國家沒那麼富裕，窮國非常有可能更窮。

前任英國首相柴契爾夫人

我生逢動亂時代，來到饑荒占據的城市。我遇見叛亂時代，混在人群之間，和他們一起叛亂。我就這樣在人世間度過我的時代。

德國戲劇家貝托爾特・布萊希特

I

「似乎出不去。」他說，但又說：「我們會出去的。」

這片森林綿延到北邊山脈，四周圍繞著宛如海洋的巨大湖泊。森林中央有一口井。這口井深約七公尺，潮溼的泥土牆爬滿樹根，壁面凹凸，井口狹窄，井底寬闊，像是一座空心的黏土金字塔。來自遠處的支流和地道的水匯集到河流，再從井底汩汩滲出，黑色的水將地面化為不曾乾涸的泥濘，積成一窪冒著水泡的泥坑，咕嚕嚕的水聲夾帶著尤加利樹的芬芳。或許是大陸板塊擠壓，或是微風一陣陣吹送，細細的樹根搖擺旋轉，彷彿跳著一曲哀傷的慢舞，予人世界在森林深處慢慢被吞噬的錯覺。

大哥體型魁梧。他徒手挖出一把把泥沙，試圖雕出一座能夠爬出去的階梯，可是他一爬上去，梯子就承受不住他的重量，土牆也跟著碎裂。

小弟個頭矮小。他坐在地上，兩隻手環抱雙腳，吹著膝蓋才劃開的傷口。他一邊想著弱者總是先流血，一邊盯著哥哥摔了一次、兩次、三次。

「好痛。我猜腳斷了。」

「別怕流血。」

外頭天空的太陽循著拋物線躲進了山後，傍晚昏暗的天色像布幕般從井口降下，兩人幾乎只能看見彼此蒼白的臉頰、眼睛和牙齒。想在壁面開闢一條逃命路似乎徒勞無功，此刻大個子站著，若有所思，雙手插在褲耳，在一天將盡時刻尋找隨著陽光消失的謎題答案。

「站起來，或許你踩在我身上搆得到井口。」

小個子身體發抖，但是他不覺得冷。

「太高了，我做不到。」他站了起來並說。

大個子抓住他的手，使勁拉起他爬上他的肩膀，兩人像玩著長高遊戲，融成一個人。他們搖搖晃晃，不得不靠著牆壁，站在上頭的小個子明白他們不可能搆得到任何凸出的物體。

「沒辦法，太高了。」

大個子依舊緊抓著小個子的腳，抬起他，將他舉到雙手所能舉起的高度。

「現在呢？可以嗎？」

「不行，不夠高。」

「你舉高雙手了？」

「當然！」

當小個子示意大個子放他下來，大個子卻仍拚命往上跳，跳到雙腿對抗地心引力的極限。他先呼氣，接著像憤怒的動物喘著氣，最後兩人雙雙跌落，大個子的手肘和背部撞上柔軟的泥土地。

「差一點嗎？」

「不知道，我閉著眼睛。」小個子說。

夜幕降臨，森林的呢喃夾雜著惱人的嗡鳴聲，鳥的嗉囊傳出的喘息像是一團杳無形體之物，包圍整個空間。兩兄弟抱在一起躺在比較乾的地面，認命待在由樹根環繞的新天地。他們都沒睡，怎麼可能睡得著。

黎明時，這口井染上不同顏色。地勢較高的光禿禿泥土疊上一層銅色，一條條傷疤般的棕色，細針般的黃色。潮溼的土壤呈現黑色和藍色，較內邊的樹根尾端映照紫紅光芒。陽光輕輕柔柔，寂靜中只聽見婉轉的鳥鳴。小個子雙手覆蓋的肚子從哈欠中醒來咕嚕作響。

「我餓了。」

大個子完全清醒過來，脖子一抬，試著看清楚眼前。他伸展著後腳跟還有眼睛僵硬的肌肉。

「別擔心，等我們出去就能填飽肚子。」

「可是我好餓，餓到胃好痛。」

「沒有吃的。」

「怎麼沒有？我們有布包。」

大個子安靜了幾秒。布包躺在井底一角，已經變成一團泥球。他們困在這裡之後從沒碰過布包。

「布包裡的食物是給媽媽吃的。」他的語氣略顯嚴厲。

小個子氣呼呼，卻又不得不認命，他雙手撐著地面，扶靠牆壁站起來。他哥哥抱怨似地嘆了口氣。

「現在我們來試試離開這裡。」

他們花了點時間伸展四肢，確認太陽的方位、估計時間，並且大聲呼救。接著他們輕觸牆壁，仔細檢視，做上記號，尋找黏附在壁面的岩石碎屑、凸起的硬塊和凹洞。他們繼續呼救，重複前一天下午的動作，無奈僅僅往上抬高幾公尺又摔落井底。他們在地面翻挖，希望找到樹根殘塊，或可以充當木條的東西。一個個小時過去，他們呼救的次數減少了。來到正午之後，陽光像一根指向他們的大理石手指。大個子下了決定。

「抓緊我的手，我來將你拋出井外。」

小個子心慌意亂。他想像自己像顆石頭、武器或任何物品被扔出井外，覺得變得極為渺小，可哥哥的心意已決，阻止他繼續抗議。手忙腳亂幾秒後，他們決定了該做哪些動作比較恰當，接著緊抓彼此的前臂，深深地吸了口氣。他們不知道這次的努力有沒有用，只能安撫緊張狂跳的心。

「我要旋轉了。別害怕，你覺得雙腳離開地面時就順其自然。我們多轉一會兒，來抓速度，然後我會大聲叫你放手。聽清楚了嗎？」

小個子驚恐地看著哥哥，彷彿第一次見到他。小個子的腦海掠過身體被撞擊的影像，口水滲出硬幣的苦味。

「你有把握嗎？」

「我比較強壯，你又瘦弱。我想應該試一試。」

接著他們預備好動作，大個子打開雙腳站穩，以確保加速時身體平衡；小個子單膝跪地，避免被拉過去，兩人死命抓緊彼此，指關節都泛白了。他們不再猶豫，旋轉了起來。大個子將弟弟往上拉，動作乾淨俐落，他繼續轉圈，小個子先離地一個手掌高，再轉又升高一個手掌高，再往上一個手掌高時身體已然完全與地面平行。他閉著眼睛，緊咬牙根，甚至咬疼了牙齦，他繼續旋轉，速度越來越快，在半空畫出的圈越繞越大，只見兩人旋轉到幾乎要跌倒在地，而且喘不過氣，小個子身體下降但沒有碰觸地面，接著再次斜轉向上繞圈，繞了兩圈之後最後一次上升，大個子大喊：「現在放手！」小個子依舊閉著眼睛，鬆開了手，像人骨風箏從地面飛向太陽，不過短短幾秒，他重重地撞上牆壁，那道撞擊的悶響掩蓋了兩人的慘叫，一會兒他從幾公尺高摔落，失去意識，嘴中冒出鮮血，疊在他哥哥頭昏腦脹的身體上，彷彿馬戲團表演的一幕，那些沙袋般堆疊起的肉身從未贏得掌聲。

大個子稍微清醒過來，趕緊上前止住弟弟嘴中冒出的鮮血，確認他沒有大礙，只摔斷幾顆牙和留下些許瘀傷。小個子抗議了。

「我全身痛得要命。這個辦法行不通，而且我餓了。」

大個子對小個子的傷感到內疚。他帶著憐憫和羞愧的目光凝視弟弟，接著抬頭看向弟弟幾分鐘前撞擊的位置。他站起來，靠近點再看，看見了撞擊的痕跡和變形的泥土牆，上面的凹洞印著弟弟的上半身：頭顱、軀體和手臂。上面肯定也卡著幾顆他們根本找不回來的牙齒。大個子的臉龐露出微笑。他知道這要怪自己使盡全力拋出弟弟，但心底一道黑暗的念頭甦醒過來，瞬即串起了他一個個想法，模糊的畫面聚攏，痛苦而真實的計謀浮現。接著他回頭看了看小個子，眼神閃爍著一絲激動。他們掉進井底已經過了二十四個小時。

「我有個主意。」他說，接著又說：「可是你得做個保證。」

2

布包裡有一塊大麵包。兄弟倆要買食物，就得從家裡走到長著香檸檬斜坡的那條路，跳著踩石頭渡河，再穿過野生的小麥田。若想節省時間，可以穿越森林，這意謂著只要走半天路；加上回程，一共花上一天的時間。

「我渴了。」小個子說。

「你可以喝那邊的水。我剛喝過，水很清涼。」

「但是很髒。」

布包裡有一塊麵包和幾顆乾番茄。大個子靠近奮力冒水的角落，跪下來挖了一個小洞。半晌，洞裡積滿水溢出來。大個子低下頭，大聲地喝著小洞的水，像隻乾渴的狗。

「很好喝，喝喝看。」

小個子模仿哥哥的每個動作，包括不太悅耳的喝水聲。

「有泥土的味道。」

「這裡面都是泥土味，要習慣。」

小個子看著布包又說：

「現在更餓了。」

大個子拿起布包一扭，丟到井底的另一頭。

「我說過不能碰媽媽的食物。就吃這裡有的東西吧。」

「可是這裡什麼也沒有。」

「有。等一下你就會看到。」

布包裡有一塊麵包、幾顆乾番茄和無花果。大個子檢視井底的每一吋泥土、每一個坑洞和每一條樹根。他撿起每個發現的東西放在拉起的襯衫下襬，小個子盯著他，搞不懂他在做什麼。半晌，他伸出變黑的指甲，在弟弟面前坐下來給他看戰利品，有壓扁的螞蟻、綠色的蝸牛、黃色的蛆蟲、軟綿的樹根，以及細小的幼蟲。

「我們可以吃這些。」

小個子忍不住露出作嘔的表情。他知道哥哥不是開玩笑，假使哥哥決定兩人得吃蟲和野草，他就得吃。他緊咬嘴唇，忍住噁心感並說：

「好吧。」

他伸出手拿起一把螞蟻塞進嘴巴，屏息著囫圇吞下，接著舔起齒間確認沒殘留半隻。

「或許餵牠們吃一小塊番茄，嚐起來會更美味。」他擠出虛弱的微笑說。

布包裡有一塊麵包、幾顆乾番茄和無花果，以及一塊乳酪。大個子聽見弟弟的嘟囔，一把將兜在襯衫裡的食物全灑在地上，伸出手背甩了弟弟一巴掌，但是他的手太大，弟弟的臉太小，也同時打中了弟弟的太陽穴、下巴和耳朵，還波及嘴巴。只見小個子的牙齒神經掀起，牙齦紅腫，牙骨嗡嗡作響，整個人仰躺在地，半邊臉麻痺腫起，他忍著彷彿剪刀劃過的疼痛，掉下眼淚。他沒抬起頭，幸運沒遭殃的那隻耳朵，聽見了警告的聲音迴盪成井底深沉的回音：

「布包不是解決的辦法。你膽敢再提一遍，我就壓著你的頭埋進土裡殺掉你。」

布包裡有一塊麵包、幾顆乾番茄和無花果，以及一塊乳酪。

小個子不敢再提起那只布包。

3

第三天，他們已經摸索出一套作息。太陽升起，他們喝水漱口，再到井的一頭將水吐在挖來解便的坑洞。接著他們大聲求救，一個人輪幾分鐘，直到喉嚨過度用力而刺癢。中午之前，小個子會撿拾各種昆蟲和樹根，兜在懷裡壓成一團黏稠泥狀，這時他哥哥會做運動。大個子保持運動習慣，以伏地挺身來訓練肩膀和手臂，還有一連串核心訓練和深蹲，直到兩腿再也不聽使喚，不得不休息為止。接著他繼續耐力訓練，不同角度蹲跳，加強背部和脊椎。最後他扛起弟弟重複一遍伏地挺身、核心訓練和深蹲，將弟弟當木條或沙袋舉重，結束重訓。他休息十五分鐘這段時間，兩兄弟會再次呼救，直至兩人再也吐不出半個字。然後大個子將所有的運動再做一遍。

當他們看著天空而不覺得陽光刺眼，就判定早上結束，下午開始。食物分量在分配上非常不均。大個子吃掉八成弟弟撿來的食物，只留給他一條蛆、幾隻昆蟲或兩、三條樹根。兩人默默地安撫飢餓，留下一小份當晚餐。吃完後，他們會盡可能喝水灌飽自己，再一次和聲呼救。接著，小個子會像胎兒一樣縮成一團，幾乎動也不動，大個子會做兩小時的伸展體操。他們趁天色暗下前的餘光吃完按同樣比例分配的剩餘食物，然後再呼叫到天黑。他們擠在一起睡覺，靠著取暖入睡，外頭森林只傳來夜晚的旋律，回應他們白天的呼救。他們不安地等待，問著自己先聽到的會是蟋蟀鳴叫、貓頭鷹啼叫，還是狼嗥。

5

小個子夢見自己吐出伸縮的長舌頭，捕獵一群蝴蝶。如果是白蝶，嚐起來像麵包；如果是粉蝶或紅蝶，嚐起來像水果，混合草莓和柑桔的甜味；如果是綠蝶，嚐起來是青薄荷和香薄荷；如果是深色的，沒有味道，嚐起來像舔舐玻璃。

前一晚，一隻螢火蟲飛來井底，他哥哥眼睛眨也不眨一口吃掉牠。他也夢見了螢火蟲，不過體型都很大，吃不了，於是他像虹彩騎士般挑了一隻騎上去。他飢腸轆轆，當螢火蟲載著他飛到一片平原的荒地，低下身體讓他下去，他卻使勁咬住牠的屁股，撕下一塊發光的肉，指甲深深地掐進牠綠色的背，雙手、手肘甚至整條胳膊都陷了進去，他吸吮著發光的血，彷彿吸著一顆小雞將破殼而出的生蛋。他填飽肚子，放聲大哭，依舊騎在發光的座騎上。他傷心不已，因為此刻他受困駭人的漆黑中，沒有了牠怎麼離得開這口井。

夢中的井就像一座大城市，所有居民餓成皮包骨，有些人說，這是因為土地貧瘠長不出作物。小個子想不起井外的生活，可是年紀較長的大個子還記得。

「上面的人需要空間。」每次小個子問起他們怎麼會生活在這麼骯髒的地方，他總是這麼回答。

「上面空間很多？」

「很少。」

「這麼說，上面很小？」

「上面很大。」

「我不懂。」

「上面是屬於有權力的人。」

「那是什麼？」

一條會飛的狗舔舐他的腳，他感覺癢癢的。他哥哥都是這樣說話，惜字如金，因為他得努力工作。他花了好幾年利用甘草的樹枝蓋了一座樓梯，想要爬到井口。

「我可以吸一下嗎？」

「你明知道不行，我們需要所有的樹枝。」

「我餓了。」

「我也餓。可是你要顧全大局，不能只想著自己。」

小個子的視線掃過四周：有人睡在街道上，有小女孩正和會說話的花玩耍，有男人的胸前揹著嬰孩，其他人和他哥哥一樣蓋著天才玩意兒，希望離開這口井：一艘石板船、一座雲塔，還有一座由最後一隻龍的骨頭製作的投石機。

「我想得好煩，不想再顧全大局！」

大個子放上另一根樹枝，一條長得像雞的蛆溜進一個坑洞。他抬起前臂擦乾汗水說：

「等我們到了上面，可要開派對好好慶祝一下。」

「開派對？」

「對。」

「有氣球、燈光和蛋糕嗎？」

「不對。是石頭、火炬和刑場。」

他夢見了火，猛然驚醒。他感覺後腦杓或眼窩深處有把火燒了起來。天空濛濛發亮，大個子還在睡。他不想吵醒哥哥，慢慢起身，感覺口中還殘留螢光的味道。他在樹根間尋找螞蟻或蛆蟲的蹤跡，他知道應該遵守哥哥規定的飲食，可是他壓抑不了清醒後的飢餓。大個子說，他可以靠飲用井底可怕的水和吃臭蟲及嚼樹根活很多天；不過又強調，要盡可能保持安靜，除了採集食物，別浪費無謂的力氣。

他看見一公尺遠有條小蛆爬過來，他想揮開牠，肚子響起的咕嚕聲卻變得更大，聲音在四周的泥土牆壁迴盪著，有個東西在他腸子間蠕動，猶如鞭痕般火辣辣刺痛。那聲音如此震耳欲聾，在井內化成幽靈回音，大個子醒了過來，表情不悅，接著轉過頭，耳朵比眼睛更專注在眼前場景。

「你在做什麼？」

「沒做什麼。」

「你醒了？剛剛那是什麼聲音？」

「是我的聲音。」

大個子搓搓臉，注視著弟弟貼在牆邊，彷彿成了牆的一部分，駝背的姿態像正在接受問訊。

「那是你的聲音？感覺像牛在噴鼻息。」

「我想肚子可能從裡面裂開了。」小個子回答。

這天平靜無波，照樣是心驚膽跳又懷抱希望。沒有人回應他們的求救，但是他們已經習慣了。夜幕低垂，小個子抱住哥哥。

「我不太舒服。」

「我知道，我從你的臉色看出來了。你瘦了，身體很虛弱。」

「或許我該多吃一點。」

「還不行。冷靜，你會習慣飢餓。你的胃會慢慢縮小，所以會胃痛——胃會皺成一團。直到縮到不能再縮，你會明白現在吃的已經足夠。」

「可是我一點力氣也沒有，連站起來都很困難。做任何事都很困難。」

「我比較強壯，而你只需要擔心如何忍耐。不管發生什麼事，天氣轉冷了，假使你感到害怕，或動物攻擊我們，我都會保護你。我是大哥。先睡吧。」

「我還不想睡。我怕睡覺。」

「為什麼？」

「因為我會做夢……奇怪的夢。我夢見我吃掉不該吃的東西。我夢見媽媽……我的夢好可怕……」

「不要怕做夢，夢不是真的。夢只是我們腦子裡渾沌且混雜的想法，是我們不能說出口的回憶。你夢見吃東西，只是因為你肚子餓，如此而已。如果你夢見自己會飛，是因為你想回家……懂了嗎？」

小個子點點頭，蠕動著嘴脣。他聽完哥哥的話冷靜下來，閉上眼睛。睡覺前，他丟出最後的問題：

「我夢見吃掉媽媽，這是為什麼？」

7

他們困在井中一個禮拜之後，聽見不一樣的聲音。

小個子張著惺松睡眼，不敢置信地清醒過來，彷彿穿過一團迷霧。天空劃開曙光，黎明的寧靜籠罩萬物。他的哥哥深深吸口氣。那聲音又出現了，這次比較近，還伴隨輕微的震動，傳到兩個孩子睡的泥土地上。

「哈囉？」小個子說，張開乾澀的嘴。「哈囉？」

當他第三次開口，大個子也加入了呼叫。大個子剛醒過來，還愣愣地，不知所以地跟著嘶吼。兩人喊著哈囉繼續呼救，說我們在這裡；同時拍手跺腳，哀聲嗥叫。接著他們安靜下來，傾聽是否有聲音回應他們的手忙腳亂。

漆黑中吹來的風啪噠啪噠作響，像是踱著蹄子回應他們，似乎伴隨著從舌間傳來長長的喘息和呼氣聲。兩兄弟面面相覷，瞪大眼睛，眼珠子像是快蹦出眼眶。

是一群野獸。

「野狼？」小個子問。

「我不知道。你聽見嗥叫聲？」

「沒聽見。你覺得是野狼嗎？」

「也可能是山羊。」

「在森林裡？」

「或許走失了。如果是山羊，牧羊人或許會來找牠們。」

「如果是野狼呢？」

「那麼牧羊人就不會來。」

腳步聲越來越清晰，動物的呼吸聲填滿黑夜。兩兄弟的緘默感染這口井：昆蟲不再嗡嗡響，水停止流動，最後大自然安靜下來。有那麼一瞬間，他們置身之地不再是口井，而是不想失去的家。四周的虎視眈眈彷彿稍縱即逝的恐懼，一股靜謐如湧泉般悄悄地沿著牆壁湧上井口，爭相奔向嗥叫的動物，要牠們閉上嘴，瞬息之間寧靜炸開，整座森林沉澱下來。

一場大屠殺看似山雨欲來。

「野狼！」

狼嘴一一出現，嗅聞著兩兄弟的汗水和沒洗澡的臭味。他們很清楚是臭味，是糞便和汗臭等氣味洩漏他們的行蹤。狼嘴出現後，接著上前的是參差不齊的尖牙和滴著口水的舌頭，再往上就是野獸的臉，一雙細長的眼睛凝聚夜晚所有的光芒。

兩個孩子張開嘴想尖叫，可是沒叫出聲。

一頭野狼垂下頭觀察他們，嘴緩緩張開。牠知道獵物很脆弱、病懨懨的，而且無處可逃。牠的周圍依然窸窣聲不斷，一大群圍繞著地面裂口的狼群，舞動著飢餓的步伐。其中一頭往前踩，像是要一躍而下。不只牠，似乎每一頭都在打量掠取食物又能返回森林的機會。另一頭準備跳進井裡，唾液沿著大嘴滴下長長的白絲，不過就在前腳還沒跪下跳起之際，一顆石頭擊中牠的腦袋，打亂了這部組曲。

「離開我們家。」

頭骨碎裂的聲響後伴隨的是一聲真實的慘叫，和貨真價值的疼痛。獸群再次聚集並嗥叫抗議，可是石頭一顆顆打中牠們。牠們一哄而散。

「你打中牠了！」小個子說。

幾分鐘過後，一頭狼回到井邊，但已失去方才的自信。大多數的狼都保持距離，埋伏在幾公尺外石頭打不到的地方。最後牠們離開。

「還聽得見牠們的聲音？」

「聽不見了。牠們走了。」

「你嚇跑牠們了。」

「對，我嚇跑野狼了。丟石頭攻擊！」

小個子咯咯笑，盤據心中的恐懼還沒消散。

「我們睡吧。牠們不會回來了。還有幾個小時就要天亮，我們得保留體力。你先睡，我再熬一下，以免幾個混帳又來探頭探腦。」

小個子心想：「他罵了『混帳』。」他的哥哥打贏狼群。這一晚，他能像其餘少數睡得著的夜裡入睡，或許這也是他最後一次高枕無憂。

大個子待在井中央，雙手抓著石頭，不再監視井口。這一晚，他或許會問自己，要是牠們能離開這口井，該怎麼打贏狼群，他反覆想著睡意全消。他腦中不禁掠過弟弟身軀骨皮分離的可怕畫面，他則是躺在血窪裡，依舊聽得到野獸咀嚼他的聲音。

II

連續四天，陽光烤曬著田野，狠狠地曬焦了所有的樹木，也曬乾了井。從土裡冒出的水起先還是泥漿，後來變成黑色的泥塊。眼看再也沒水可喝，兩兄弟打亂作息，吸吮壁面外露的樹根，直到嘴巴乾渴得像木炭。

「我不舒服。」小個子說。

「會下雨的。」

他們很熟悉這片土地，這片從小看慣的天空的變幻、雲層的天氣。他們知道這個月毒辣的陽光意味著豐沛的雨水即將到來。會下雨，是因為當身體曬得皮塊剝落就會下雨；是因為似乎有道酷刑主宰這片田野，違反所有大自然的時序。正因如此，這裡的人皮膚厚實、性格剛毅，他們得帶著莫大的耐心，面對土地給予的嚴峻考驗，他們不能抱怨，不能冀求，這一切限制他們的感情交流，同居共處，以至情緒表達。兄弟倆就是個例子。起初幾天，他們迴避彼此的眼神，觀察對方的行動。他們談話時不帶感情。愛是一種噤口的契約，取而代之的是爬蟲類或老鱷魚的暴力。

「你愛我嗎？」小個子問。

「會下雨的。」

連續第四天陰天，他們經歷數不清個鐘頭沒喝上半滴水，大個子脫水了，連尿液也乾涸了。他兩邊的太陽穴壓迫著一股無聲的怒氣，有那麼一瞬間，他在世界上最想做的事是掐死弟弟，雙手勒住他脖子，將他的眼珠子擠出眼眶，然後咀嚼一番，吸乾白色的膠質，彷彿那是鹽水糖。

「別問我問題。」

「我什麼也沒問。」

「我不要你開口。」

小個子閉上眼睛，想著河流、湖泊和水窪，雨滴落在水面，像是在戲水、跳舞以及跳躍。他想像各種口味的暴雨，檸檬烏雲降下的汁液灑在牧場上，調味了牲畜，牠們在香甜的橘子汁裡游泳和潛水，張開嘴巴，沒有嗆水，天空還降下紫藍色葡萄冰雹，融冰淹沒大草原，一道超現實的景致。他在井底最陰暗的角落挖了個坑，頭伸進去直到耳朵卡在土裡為止，漆黑靜謐的坑溼溼涼涼的，他的思緒跟著模仿鴕鳥的動作飛向井外，乾渴消失了，哥哥消失了，遲遲不肯罷休的胃痛也消失了，他深吸口氣，安安靜靜縮小到看不見。

他又鑽得更深。

他張嘴想呼吸濃濁的空氣，牙齒沾上了泥土。他繼續鑽。氧氣灌不進他的肺部，就在窒息瞬間，他抓住一絲理智，一個模糊的想法撥雲見日，像是點燃引線，串起了所有的不可能。他的每個疑問都有了確切的答案，彷彿遍布火山熔岩的一簇簇微小火花。他脫胎換骨。他不再是那個害怕橫屍井底的自己。他無需再平息乾渴，不再需要。他發現內心深處一種能殺人於死的自私，和一種從未感受過的漠然。他讓自己陷入縹渺，還有空虛……

「笨蛋，離開那裡！」

大個子一把抓住弟弟的雙腳，使勁拉出他軟綿綿的身體。小個子已經好幾分鐘動也不動，失去了意識。大個子拍打弟弟的臉，想將他從他似乎深深陷入的幻夢裡頭喚醒。沒多久小個子有了反應，像條離開水面的魚喘著氣。他脖頸後是一片黏答答的汗水，他猛力咳出泥土，舌頭上滿滿一層黃色苔蘚和石頭碎粒。

「你差點悶死！瘋了嗎？」

「對不起，我實在不舒服。」

「我說過會下雨的，一如往年會下雨。你得忍耐。」

幾個小時後，小個子明白了這口井不只是一口井，而是一個研砵，他哥哥是顆滿是果核的水果，得要細細磨碎榨油，就像榨橄欖油那樣。起先他拿石頭砸向哥哥，不過這方式太慢而且很累人。於是他蓋了一座鮮血磨坊，牛拖著一個上頭嵌著一顆巨大灰石的車軸，巨大的石頭轉呀轉，攪碎血肉、骨頭和內臟，直到攪成一團溼黏的糊狀物。接著，他將糊狀物裝進哥哥的頭骨中，向天祈雨，雨水像打開的水龍頭傾瀉而下，和糊狀物交融，變成混濁、濃厚的烈酒淌流而下，沒辦法咀嚼也不能喝，可這安撫了他，除去了乾渴、飢餓等刑罰。等一切結束之後，他獨自站在巨大的石頭下，鞭打牛前進。

傍晚，他們癱倒在地，失去了意識躺著，皮膚黏附一層泥土。小個子的手指輕輕顫抖，因為飢餓和乾渴，他的思緒破了洞；他的眼珠子像是旋轉木馬任意轉個不停，在幻覺中看見一座莫名出現的宮殿，彷彿正慶祝他瀕臨崩潰邊緣。大個子奄奄一息。他乾裂的皮囊緊貼著肉，每天賣力鍛練讓他身上肌肉鼓脹，此刻恍如月亮發光。他在夢中乾咳，啃咬著光禿禿的嘴脣肉，一絲鮮血滲進他的喉嚨，滋養他，直到一陣噁心感襲來。

當死神在井邊探頭探腦時，暴雨驟然降下。

13

剛下雨的前幾個小時，他們喝個不停，相擁在一起，把玩泥巴。他們喝飽了水，開懷大笑，笑聲充滿喜悅又滿是絕望。

接下來大雨依然滂沱，他們靠著牆壁，縮在角落，像進行刻苦的修練，忍受瀑布水簾。昆蟲、泥土和樹葉被沖到井邊，像小小的瀑布急速往下垂直傾瀉。他們的腳邊聚積深深的水坑，水面映著黑壓壓的天空，密布的烏雲鼓起又消扁，像是海洋的肺部。他們的渴求被澆熄了，此刻一邊喝水，一邊預測一步步即將到來的乾旱，他們浸在井底的水坑，或舔舐飛濺起來的水花，想像那是噴泉。

兩天後，及時雨停了。這時，這口井化為沼澤，牆壁彎了腰。他們的腿陷在黏濘的土壤裡，身上的衣物在溼氣中腐爛，泥土溼透他們的四肢和下半身。大個子無法運動，小個子無法採食，他想像這口井是一副軟綿綿的棺材。天空放晴，太陽露臉，可是他們沒歡天喜地慶祝，因為他們腫脹的肌肉還在發抖，因為暴雨考驗他們的耐力，他們筋疲力竭。他們沒有淹在水裡，沒有溺水，無法入睡。沒食物可吃，他們乾癟的胃部穿孔，特別是小個子，他陷在瘋狂的夢境無法自拔，就要消失。

太陽曬乾了土地，井底土壤在飽含的水分蒸發後變回穩固的地面，大個子發現弟弟似乎染上肺炎，他咳出果醬般的濃稠綠痰，額頭發起高燒。於是大個子按時照顧，讓他每小時喝清涼的水，保持他的衣服乾燥，遠離還沒蒸散乾涸的水坑。他不顧自己的飲食，荒廢運動，全心全意守護弟弟。然而弟弟高燒不退。

他看著瘦弱蒼白的弟弟，那胸膛像高哥獵犬一樣浮凸著肋骨，手指發青，額頭熱燙，不由得感到痛苦又悲傷。小個子是一塊幾乎失去生命氣息的肉，他安安靜靜，做著斷續的夢，有時尖叫驚醒，嘴裡吐出模糊的囈語，或猛然暴怒哭叫。大個子餵他吃食，感到厭惡卻又不願放棄，當他扶弟弟曬太陽，看他伸懶腰，內心湧出一股全新的溫柔。

「你不能走。你保證過的。」

夜裡，他給弟弟蓋兩層衣服，好抵擋冰冷的露水。他光裸著身體蜷曲在弟弟身邊，試著多給他一點暖意。他替他按摩，親吻他，擁抱他，直到他睡著。

「或許我是愛你的。」他說。

17

接下來幾天，小個子依舊垂死掙扎，他哥哥試圖穩住弟弟的生命跡象。他們彷彿在玩一場賭注遊戲。

大個子餵弟弟吃最肥美的昆蟲、最飽滿的蛆蟲，和最甘甜的樹根。他拿自己的襯衫濾水，給弟弟喝乾淨清澈的水，利用早晨最冷的時刻清洗弟弟的額頭。下午最溫和的時刻，他會刷洗弟弟的手腳和頭髮。當小個子呼吸恢復正常，高燒退去，大個子重拾例行的運動，伏地挺身、核心訓練和深蹲。他滿頭大汗，做運動的幾個小時不再想著弟弟的病，離開了這口井，越過田野，再回來，伸張正義。除了飢餓和陽光，他感覺寂寞正啃噬著自己老去。他那青少年的臉孔化為一張遭到嚴重傷害的男人的臉，那是打完內戰返鄉或出獄的男人的臉，他的身軀在飽受折磨和營養不良後變形，雙手長出的新紋路，是如此深刻烙印在上面，想抹也抹不去。他對弟弟說話的語氣變得全然不同：

「等我們回家就能吃肉。」

他說會替弟弟煮他們嚐過的菜，和一些不曾聽過但想像出來的菜。在陽光下充分曬乾的罌粟製成的奶油，加上野生核桃塊和大蕉切丁。甜米糕灑上白肉桂、檸檬皮屑、可可粉和番荔枝醬。烤海獅肉配草莓和木薯，淋上甜橘汁和可可牛奶。他詳細描述該怎麼削馬鈴薯、從哪個角度切洋蔥，好讓下鍋時能在熱油中散開卻不會燒焦，雞肉和牛肉煎到金黃要多久。有幾次，小個子回神片刻，會嘟噥些毫無頭緒的句子，或兜不起來的字眼。

「肉桂……」

這時大個子就替他上植物學和農業學，比較煮法，回憶香味、形狀和滋味。遇到不知道的，就胡亂編造理由解釋，虛構一些說著不同語言的城市，要翻山越嶺抵達當地觀察無法解釋的現象。他向他說北邊的雙月，還有南邊會走路的樹木，稱湖泊深處住著身體滿布星星的鴿子，房子沒有窗戶而是長著眼睛，主人出門時會流出酒液般的眼淚。他對他說起他們的祖父母幼時曾遭逢洪災，不得不遷村數公里遠，說起一座橫跨大陸的人類的巨大墓園，說起可以摸到一小塊天空，天空因為太重而在世界的另一頭塌陷。他創造地理、生活方式和想像的數學。他虛構彩色穀片、玻璃指甲的婦女和神話似的奇蹟：驅凶避邪的黏土，住在牆壁中的鬼怪，它們會實現遇到它們的人上千個願望，比如聽他們的祈求將河分成兩半。當他累了，想像力耗盡，他會告訴他真實的故事。

「有時我會想其實我們不是親兄弟。」

「是我殺死我們的狗。拿石頭砸的。」

「我會死在這裡。」

夜裡，他們依偎著睡覺。月亮接近滿月，皎潔的月光勾勒出森林的輪廓、樹冠和道路。小個子退燒了，身體不再熱燙：他已經不咳嗽、吐痰和打冷顫。從暴雨結束以來，這是他們第一次真正休息，他們再也抵擋不住疲憊，一覺睡去。他們睡得太深沉，沒聽見靠近井口的腳步聲，沒發現一道身影探出來凝視他們，也沒看見身影一聲不響消失，折返原路離開。

19

小個子雙眸重拾光芒，恢復力氣，他去採集食物，但高燒在他身上留下後遺症。他不論做什麼事都意興闌珊，彷彿不想吃飯、不想講話，也不想呼吸。他的聲音也變了，變得比較陰鬱和嚴肅。

「我們在哪裡？」

他的眼神像大人，原本的孩子被吃掉了，還被感染數百個世紀以來的瘋癲。靠近一點，能清楚看見他那雙明亮的眼睛忍受著一堵牆的重壓，牆內充斥螺旋般的瘋狂想法，有手組成的樓梯，有森林的頭腦，那雙眼望穿他哥哥的魁梧身軀，輕易地察覺細微的變化。

「多喝點水，你應該是脫水了。」他哥哥說。

「真正的水在外面，這裡的水是假的。」

大個子完全恢復例行運動。他花了兩個多禮拜反覆練習，儘管飲食貧瘠，他的肌肉依然以一種不可思議、出乎尋常的方式繼續增加，模樣像介於一個營養不良的男人和一隻困在籠裡的狗。他知道自己要健身，他不想到時得跑上幾公里，還沒跑完心臟就負荷不了倒下。他的訓練再度在肌肉上創造極為短暫的記憶，類似身體的健忘症，縮短他存活和進化之間的界線。

「我討厭這口井，我想離開。」小個子說。

「很好。」

「你認為我出不去？」

「對，我認為你出不去。」

「那麼，我要留你在這裡腐爛發臭。」小個子結束談話。他哥哥望著他，彷彿弟弟是陌生人。

幾個小時過去，兩人半聲不吭，大個子難以忍受弟弟不同以往的說話態度。他弟弟苦於自身越來越消極的想法，顯得無精打采。

「你今天幾乎沒吃東西。」大個子說：「你不吃會死的。」

「我不餓。」

「不餓也要吃一點。」

「我餓就會吃，我渴就會喝，想拉屎就會拉屎。和狗一樣。」

「我們不是狗。」

「我們困在這裡就像狗。比狗還不如。」

最後一絲陽光遠離井口，褪去了生命的顏色，深深地刻畫兩人活著的疲憊。就像這場騙局在夢中揭穿，清醒過來發現原來是場可笑的鬧劇。

「你發高燒的腦子還沒復原。吃點東西，睡覺吧。明天你會好一點。」大個子說，斜靠著身體。

小個子動也不動。

「我想我感到憤怒。」

「沒有，你沒憤怒。」

小個子注視他，目光沒有半絲愛意，他問：

「我內心那把怒火是什麼？」

「是你正在轉變為男人。」大個子說。

23

「今天我來教你殺戮。」

「像你和我這樣的人首先內心要有把怒火。沒有怒火，就無法燃起殺戮的勇氣。人有千百種，他們受各式各樣的衝動驅使，他們在難以想像的暴力之間長大，他們從陌生的酒吧盯著你看。對他們來說，人生就像一口井。你不要妄想殺他們，要是惹火他們，最後會死在他們手中。你我不一樣，我們需要的是怒火。這種令人焦慮的怒火，會讓你停不下腳步，會刺激你的肌肉，你的皮囊彷彿鼓起，你的內心漆黑，往外逐漸轉紅，直到怒火滿腹，在世界找不到立足之地。你應該要清醒，才能感到仇恨，鄙視眼前所見，說服自己這股怒火是必要的。當你怒氣沖天，你不會甘心壓抑它：你會放開它、發洩它，你會氣得手指發抖，吼叫、奔跑、撞斷樹木的枝椏、挖洞挖到指甲滲血，你會搥打門牆和任何人雙手搭蓋而成的事物。在倒下之前停止吧。你呼吸著。保持緘默。你的內心還保有最後一絲怒氣，在你的嘴角發光幾秒鐘，彷彿就要跌落的吻。你吐氣，感覺胸腔放鬆和緊縮，重拾冷靜。你細細審視你的破壞，你磨光的指關節，你徒手挖開的洞。你感覺一片死寂，飽受驚嚇的萬物靜默下來，不再出聲，木頭不再嘎吱作響，風停止吹拂。總有一天，當人類決定結束一切，當我們見證時間的結局，這一片死寂將盤據大地。這一片死寂也將一直跟著你，如影隨形，而內心的怒火正唱著反調。」

「第二要保持緘默。你應該守住內心發現的祕密三天，多一天或少一天都不行。你應該學鳥兒的動作，別踩在地面，要輕聲細語，像是連青草都不想吵醒。試著不和任何人來往，早一點上床睡覺。別忘記時時刻刻記得你守住的那抹鮮紅，想著它在你體內變換各種可怕的形狀，直到越來越完美、越來越大。和它說話，視它為攻占你軀體的一種病，羞辱它，想像各種罪大惡極的懲罰，任意處罰它，讓它像傷口一樣裂開流血，化膿變成巨大的怪獸。你要感覺它像你肩上重重壓下的包袱，你要不懂得愛或欣賞美感，感受醜惡如何扭曲你的胃，巨大的空洞如何傳染給所有你碰觸的物體。到了第三天晚上，已然難以保持緘默，上床睡覺時，你深深地吸氣，讓腐爛的感覺浸透自己。這個病像是蜘蛛的觸腳毒害著你。這抹鮮紅擴散到你的血管，在血液堆積尖銳的碎石。一股邪念切開骨頭。然後你睡去。再之後你做夢。」

「最後是意志。犯罪的那天早上，你被噩夢狠狠地折磨，吞嚥不下任何食物。你感覺受一股暴戾之氣迷惑，你會去做，但是你揮之不去不安感，彷彿喝水時深怕打破玻璃杯。別擔心。踩出冷靜的步伐，感覺雙腳在靈魂的拐彎下踩開黑色的路，你往前走，彷彿地面圍繞你轉，直視你的眼睛。當你終於和敵人面對面，你又餓又怕，以殺戮來榮耀你的決心。你要快狠準。除了目光，不帶給對方半絲痛苦。這種死要公平，要有價值。」

「殺戮，殺戮的動作，雙手拿刀架在脖子或任何要揮砍位置的力道，是早該知曉，而不是教來的。不管是白亮亮的武器、砲火武器、木棍或石頭。但是記得，我們人類應該懂得如何抹去眼中的生命光芒，懂得與犯罪共處。我們殺人不眨眼，因為我們不知道別的下手方式。我們是直接的，是衝動的。不要猶豫：由你的心來決定正確的動作，當輪迴結束，你將會是個大人，加入所有住在這片土地上比你大的成人行列。」

「這是你該知道的。」

小個子聽著這些呢喃，起先幾句不為所動，接著他以只有他懂的符號，伸出手指和手肘在牆壁和井底記錄著，彷彿那是能傳達新教誨的抹刀。他樂不可支地呻吟，一再檢視，訓練大腦記住這些可怕的地圖。一股陌生的喜悅湧上，他樂昏頭，甚至想嘔吐，他置身一片毒之群島，恍若海中怪獸的島嶼正在咆哮。島嶼被地震夷為平地，他一次又一次打量他聲名狼藉的城市，企圖記住它，那像是他要全心奉獻的信條，他端出準確的方程式改正計算錯誤，他臉色刷白，驚心膽跳地發現，從他童年燒起的火恍如傳染病蔓延開來。大個子滿意地看著他。

夜幕降臨，小個子疲累不堪，這時微風和水輕輕地抹去他費盡苦心刻寫的記號，他認為一切都已銘記於心，餘生他會帶著書寫工具：紙筆、墨水、鋼筆和古書，他可以使用這些工具，永遠記錄他受啟發時遇見的奇蹟。然後日以繼夜詮釋說不出口的事物。

29

飢餓和失望，讓他們不再溝通，甚至失去理智，月圓月缺已然持續一個循環。期間，大個子繼續例行運動，小個子的瘋癲更無下限，直達遭幻想摧毀的地窖。他經常低聲吟唱流行歌曲，卻改編成猥褻不堪的歌詞，或發表無厘頭的演說，要不過於無趣，要不唉聲嘆氣，連他哥哥都聽不下去。

「我想沒有人聽見我們呼救，是因為人們以為我們的叫聲是野獸的嘶吼。你和我都沒發現，我們幾天前講話就像豬嚄嚄叫。明天應該喊著拉丁文呼救，好讓人聽得懂。」

有時他會安靜幾個小時，直到腦中浮現某些想法，或一簇理智的火花驅使他蠕動著身軀，讓他喊叫出顛三倒四的話，遠聽像人類的聲音，或無意義的詩句。

「或許今天是我誕生的前夕。」

小個子瘦成皮包骨，動作有氣無力，嚴重營養不良，無法像先前那樣採食，他哥哥端出父親權威，決定由他擔起這個工作。他們感覺心中充滿暴戾之氣。飢餓如此凶猛，小個子的胃響得震耳欲聾。大個子不想聽，捏了兩團泥土攪和溼草塞住耳朵，一天只拿下幾個小時，傾聽著森林裡帶來希望的動靜。可每到晚上，他都被弟弟肚子的咕嚕聲折磨得近乎發瘋，再次異常悲傷地塞住耳朵。他知道泥團會阻隔小個子的說話聲，卻也能阻擋那層腐蝕他的罪惡感。

小個子問了幾個沒必要的問題：

「我們為什麼會在這裡？」

「這是真實的世界嗎？」

「我們真的是小孩？」

大個子從沒回答。

31

「哥哥，你一定要知道，我是那個偷走亞提拉的馬的小孩，我拿牠的馬蹄鐵做了一雙鞋，凡我踩過之地永遠長不出野草。很多壞人怕我，奉我為神明之鞭，只因我長途跋涉，走遍世界，使他們的土地荒蕪，種子無法發芽。」

「你單槍匹馬？」

「和匈人一起。」

「匈人是誰？」

「亞提拉的士兵。他死時，士兵紛紛割下身上的肉。我的身上也少了肉，但你看不到，因為少的是內心的肉。」

大個子嘆口氣，塞回了耳塞。他弟弟最近經常進入神遊狀態，處在這狀態時，似乎不知道自己是誰，或是從哪裡來。前一晚，小個子滔滔不絕談著人的本質，解釋人類是海中生物，後來進化為陸地動物；他爭辯看海是無比重要的事，因為人類看海時能回溯自身物種的起源。

之後，他鉅細靡遺描寫他內心各種感覺的形貌，甚至做出不可思議的結論，比如仇恨的構造是會旋轉的角椎，或者乏味是形狀不一的黏稠物。最後，他在睡覺前說每個數字都有相對應的詞彙，總有一天只要說數字就能傳達訊息。這些喃喃自語聽在大個子耳裡，是一道難以忍耐的酷刑，這可能證實高燒和飢餓在弟弟身上留下了巨大的傷害，再也無法復原。

「起初我覺得腳痛。我得拿湯匙挖空馬蹄鐵，然後以黑色皮帶綁緊兩隻馬蹄鐵，這樣走路時，腳趾可以彎曲。馬蹄鐵的氣味聞起來像龍蛋的蛋殼，也像神明的頭蓋骨。我的腳很痛，痛到流血，指甲都剝落了。但是習慣以後，我會穿著馬蹄鐵到處走，我走遍鄉野，後來那裡變成沙漠。人們遠離我，我覺得很快樂。我在同樣的地方多跳幾下，地面會燒成焦土。我在全世界走了好幾年，朝聖之旅留下的足印從天上清晰可見，像一條未曾癒合的可怕傷口。」

「然後我想試試，當鞋子踩的是人而非道路或森林時，會出現什麼結果。我挑了一個避難所，那裡的人全睡了，我跳過一具又一具身體，彷彿玩跳格子遊戲，但是踩下去軟綿綿的。起先什麼事也沒發生，接下來他們卻接連驚醒、尖叫和嘔吐起來。他們的皮膚由外往內逐漸乾枯，就像葡萄一樣，在地上留下黃色印漬；他們的身體變成棕色和紅色，就像蠟燭和一窪尿液輝映出的窮人版褪色彩虹。我發現大人乾枯得比小孩快，小孩發現自己要死去時並沒有尖叫，而是平靜地接受並了解事實。我繼續這段路程，踩過民眾和老鼠，我知道有一種語言滅絕，是因為我激動地跳上最後一個懂那種語言的人身上，還不小心弄傷了自己。」

「就在幾年前，我變老了，我第一次脫掉孩提時就穿上的鞋子，我看見我的腳依然那麼小。它們乾乾淨淨，沒有傷疤；甚至聞起來香香的。我將鞋子裝在一個黃金盒裡，再裝進一個銀盒，然後放進一個鐵盒，最後埋在一口井底，就在我老家附近路程半天的一座森林裡，我還留下兩個孩子在那兒，永遠沒有人能帶走他們。」

37

有些夜裡，大個子睡不著，因為做噩夢。夢裡痛苦的回憶交纏，他微微的焦慮隨著森林傳來的聲響，或漆黑中的沉重空氣變得更加凝重。住在井中已經五個禮拜，失眠只是他在這個狹小可笑的天地中一項日常作息。他心想，當人類的世界變得擁擠，無法睡覺是很正常的。因此，受傷的人民選在黑夜奮起革命，如同災難也在黑暗乍臨。

就像此時此刻，每當他失眠時，會仰躺著數起星星。他屏息聆聽任何飛翔、呼吸或呻吟聲，他沒有任何吸引睡意的妙方，也不想打擾弟弟休息。他弟弟就像蝴蝶骨架般不堪一擊。

就這樣，他豎起耳朵，聽見一座海洋，他可以聽見遠處的樹枝彎腰，重物越過草叢，以及森林裡地洞傳來的聲響，然後是躡手躡腳的走路聲，一陣輕快的步伐來到井邊停住，轉個方向，像一隻狐狸，起先是一步，然後再一步，輕柔靈巧，像繞著囚禁孩子的籠子走。

大個子動也不動。他沒有移動，也沒出聲或呼吸。他只是聽著，雙眼瞪著聲音傳來的正確位置。他的視線勾勒月亮的輪廓，那睜大的眼睛甚至看得見烏鴉的眼皮。他知道要看哪裡。

那裡。

一顆頭探進井口，看著井底。

大個子認出那張臉的五官。

那個人回視他的視線。

然後，人消失了。

大個子默不作聲。他的呼吸加速，心跳溢出酸楚；他咬緊牙關，牙齒磨得嘎嘎響，壓扁臼齒裡的神經線，他卻痛得開心，因為他吞下一堆驚叫，雖然叫聲像堆積如小山般未消化的食物，卡在胃的第一層。

他希望風颯颯颳起，帶走他的話，穿過黑夜，在某處引起尖叫：

「我會殺掉你。」

41

大個子的耳朵塞著泥團，沒聽見弟弟的叫喊，可是他感覺空氣流動的方向稍微不同。他轉過頭，看見小個子揮舞雙手，像個瘋子看著他，奮力嚷嚷著。大個子拿掉泥團聽他說：

「土木托，拉戈拉唉皮所卡搭！土木托，拉伕雷斯特！」

大個子聽不懂。他想弟弟又胡言亂語了，於是打算塞回泥團，可小個子拉著他，阻止他，然後繼續大叫，顫抖的雙手指著自己的喉嚨。

「魯發斯寇迪？那魯發斯？土木托，拉戈拉木拉雷莫里特里！莫里特里！」

小個子說得氣急敗壞，看來有什麼不對勁。這不是瘋癲，似乎是他說話能力出了狀況，像是將一張紙撕成碎片再拼湊回去，卻怎麼也拼不好完整的四方形，成了一張變形的紙。

「比喔洛可阿普丘迷斯安夫德斯，羅洛瓦西馬沙，阿普耶斯梅！阿普耶斯梅拉丁戈！特羅里！」

聽了好幾天弟弟胡言亂語般的呢喃之後，大個子無法阻止自己欣賞眼前諷刺的一幕，小個子遭逢詭譎的異變，於是他這段日子以來安靜蟄伏內心的幽默，第一次探出頭來。

「冷靜下來。我會，別擔心。我會幫你阿普耶斯拉丁戈！別擔心。已經控制拉丁戈！」

這串話脫口而出後，他忍不住哈哈大笑，那響亮的笑聲像煤礦坑轟然倒塌，儘管弟弟射來惡狠狠的目光，他還是停不下來。

「不好意思，我很抱歉，別生氣，因為……」

他再次放聲大笑，笑到無法自己，控制不住，說到「拉丁戈」又會停下來大笑。他笑到跪在地面，雙手抱住肚子，腹部、下巴和喉嚨發起痛來。小個子氣瘋了，但是出自別的原因，他生氣又迷惑，也感到恐懼；他陷在一股全新的恐懼中，瞬間做了最壞打算：或許他無法再正常說話、寫字和表達，或許會將哥哥痛打到沒氣，踢他的脊椎到骨頭嘎嘎作響，讓他動彈不得，或許他無法道別或僅僅說聲：「我愛你。」或指著還在地上爬的大個子尖聲羞辱：

「拉婆斯凍！蘇克多雷羅阿拉婆斯塔多！杜沙培雷烏地拉庫羅斯塔夫米達卡蘭德！阿多庫魯斯梅多！」

彷彿火上加油。對大個子來說，小個子前舉的手指、生氣的表情，和那句顯然是辱罵的「阿多庫魯斯梅多」都太過滑稽，他臉紅岔氣，身體扭曲，腦海裡尋找著任何能讓弟弟平靜下來的安慰。他弟弟正對他拳打腳踢，力道很輕，企圖修理他卻沒力氣，大個子努力讓他冷靜下來。

「別打我。對不起，我不笑了。」

小個子再次拳打腳踢。

「夠了！我已經道歉了。讓我站起來。」

小個子又踢了一腳，但是他說：

「棍！」

大個子差點忍俊不禁。

「好，我棍。別擔心。我知道你怎麼了。」

「卡拉羅丹斯戈？妹馬梅？」

「你的說話能力出現問題。並不嚴重，會恢復的。」

「蘇雷亞？」

「當然，我會蘇雷亞。相信我。你得要休息，放鬆一下。你不能和前兩天一樣繼續胡思亂想。」

「梅諾蘇波羅艾爾提塔諾。愛羅拿波提其艾拉涅度拉。秋斯戈拉法馬森歐卡雷德拉。」

「我知道，我知道。」

大個子伸出手搭在小個子肩上，小個子感覺溫馨，不禁打個哆嗦，哭了出來，他嚎啕大哭，發抖的身軀撲進哥哥懷中。小個子滿臉涕淚說：

「桑可羅阿曼。」

幾個小時後，小個子低聲練習說話，彷彿奴隸拿著舊時筆記簿偷偷練習寫字。他想著「哥哥」，卻發出「塔里歐」。他想著「馬」，卻講成「艾洛帕德羅」。他沮喪不已，決定從比較簡單的字彙開始，從單一發音就好。他想著太陽的「陽」。

「王。」

「哇。」

「伊。」

「呀。」

「央。」

「央。」

「陽。」

說出口時，他簡直不敢相信。於是再說一次，拉高音量：

「陽。」

「陽！」

「陽！」

他樂歪了。他站起來大喊：「陽。」，高舉雙手在井底踐踏泥漿，他閉上眼睛，握緊拳頭：「陽，陽，太陽。」大個子本來睡得香甜，這時被戰士的歡呼聲澆下，醒了過來。

「你說什麼太陽？現在是半夜！」他睜著惺忪的睡眼說。

小個子只是回以滿意的微笑。

43

接下來幾天，小個子的失語症慢慢地好轉。他已經能正確說出較簡單的字彙，但是對較困難的字彙依舊感到棘手，特別是整句話或一段複雜的談話。儘管並非完全溝通無礙，還是可以使用關鍵字傳達意思：

「餓。」

「只能吃必須吃的。」

然而，小個子說得沒錯。食物很少，因為兩兄弟長時間下來在井底搜刮了每一吋地，採集樹根、昆蟲、卵或蛆蟲。此外，因為大個子決定由他分配食物，於是小個子幾乎動也不動，幾乎像植物一樣整天癱靠在地上，臀部和雙腿都長了深疽。大個子儘管變得乾瘦蒼白，倒還能保持身體活力，這是因為他的飲食比較均衡，而且著魔般不斷鍛鍊。他知道食物有限的情況下，弟弟的時間正逐漸耗盡。他伸出雙手往井底的最後幾個角落深深挖下去，一直挖到肩膀以下都埋進堅硬的土壤深處，企圖找到可以吃的東西。就這樣一個小時接著一個小時過去，他總算發現一條細小的蚯蚓，但是他挖土的力道太大，以致抓出來的蚯蚓斷了一大截。他將蚯蚓給了弟弟，他弟弟吞下去，一聲不吭，除了舌頭，身體各部位都沒動。

小個子品嚐蚯蚓，想像自己正在吸吮神奇的藥丸。當他獲得超能力那一刻，就能像老鷹一樣飛翔，擁有百人累加的力量，聽得懂世界上所有語言。他將離開井底，展開雙臂飛向天空，一、二、三吋，他將找到新的樹根，哥哥的身影也逐漸縮小。當他終於探出頭，看見整片森林，有支粗糙的棍子猛地打了過來，將他狠狠地打落。他痛苦地再次爬起來，可不知從哪裡來的棍子重重地敲打上他的後頸、手臂，又將他打落在地。他生氣，嚥不下胸口的傲氣，一股憤怒急攻而上，他以更快的速度爬起來，彷彿風琴被彈奏的琴鍵，在頂端承受千餘次棍打，他胡亂飛，撞上那些棍子，就像一隻困在大軍陣仗的蚊子，但是他沒被打落，棍子追了上來，他沒被打落。他已經沒有什麼可以失去，準備放手一搏，他決定測試蚯蚓賜給他的超能力是否包括長生不死，最後他宣戰。一群軍隊圍上來。他們對他說你沒資格輸。接著，小個子開打了。

到了下午，大個子放棄了，他在小個子身邊坐下來。飢餓揮之不去。兩兄弟其中一個努力將吃人的念頭揮趕出腦海。時間一分一秒流去，這口井彷彿是大地之母的地窖，是丟棄雕像的後院。

一隻胖墩墩的鳥飛到他們腳邊，發出哀嘆的鳴叫。

47

「狗娘養的兒子。」

短短幾秒，兩兄弟圍住那隻鳥，並踩死牠。小個子餓得發慌，是他率先反應過來，抓住鳥頸，讓牠無法飛走。小個子的食指和拇指掐得那樣緊，鳥窒息後，頭部和身體竟完全斷裂開來。

「你真是狗屎。」

這時狀況發生了。小個子的第一個反應是咬住鳥肚子，但是他哥哥立刻猛力將他推開，讓他無法得逞。小個子摔個四腳朝天，滿心的歡喜變成訝異，然後從訝異轉而生氣。

「可悲的膽小鬼。」

大個子一邊阻止弟弟的攻擊，一邊對他解釋他們不能現在就吃鳥。因為他們乾癟的胃囊無法消化動物的生肉、膽汁和內臟，否則會產生痛苦的噁心感，甚至吐掉第一口吃進肚子裡的東西；少數能消化的，會被他們的腸子推擠出去，導致嚴重腹瀉。

「該死的混帳。」

小個子不這麼認為。他說，自從這幾個禮拜吃起了昆蟲、幼蟲和蛆蟲，他們的胃無庸置疑早已能消化生肉、腎臟——如果鳥有內臟的話，儘管他在家的時候，因為覺得噁心，從未吃過腎臟。他爭辯，哥哥不讓他咬鳥肉或僅僅鳥腿的唯一理由，是那遙遠的某一天訂下最嚴格的食物配給規定。

「小氣的王八蛋。」

大個子不管小個子逐漸升高的怒氣，他繼續解釋，吃鳥肉最恰當的方式是煮食，也就是烤過或煮熟。但是他們沒有工具，井底的溼氣讓他們無法生火，沒有火就不能煮任何東西；他們也不能用煙燻、鹽漬，或者泡醋浸油。他們束手無策。

「如果你現在死了，我會在你的屍體上撒泡尿。」

但是他們有一個選擇。有選擇就意味有得吃，而且能吃得比前些日子來得多。然而。問題是他們要多等一、兩天或三天，才能嚐到。也就是說，繼續挨餓，更糟的是得對著眼前的大餐乾瞪著眼。

「吃屎，不肖子，狗娘養的兒子。」

他們得等到鳥的屍體腐爛，引來蒼蠅、馬蠅和蛆蟲享用。小個子厲聲抗議，他認為讓一群噁心的昆蟲來享用他不能吃的大餐實在不公平。他哥哥解釋，如果他們讓鳥屍直接曝曬在空氣中，腐爛的速度會比埋在土裡快，他們可以吃湧上來的蒼蠅和蛆蟲，幾百條蛆蟲，好幾天的糧食都有著落。而且，吃他們習慣的食物，一定對他們比較好。

「你是人類垃圾。」

小個子不願意接受，但是他只能聽從比他強壯的哥哥的話，大個子彷彿在捍衛堡壘，以整個身體保護鳥的死屍。大個子只在弟弟睡熟之後才勉強小睡和稍作休息，因為他有把握，一個不留神，弟弟就會撲上去，將鳥屍啃得只剩下骨頭。

「我真想撕下你那張臭臉。」

第一晚艱苦難熬，到了第二晚情況更糟。他們之間講話毫不客氣，不打招呼，日常作息也打亂了，只剩下令人不悅的暴力。緊張和沉默煮滾一鍋累積的怨氣。大個子待在一邊的角落，小個子在另一頭，鳥屍就在他們之間。那腐爛的臭氣讓他們目光交會的怒氣更加沸騰。時間似乎停在一場決鬥的中場休息。

「該死的人渣，母豬和公猴雜交的兒子。」

幾隻蒼蠅出現在鳥屍上空打轉，大個子一口吃掉牠們，然後露出勝利的微笑看向他弟弟。又幾隻出現時，大個子精準抓住牠們，邀小個子吃，後者卻回拒。哥哥對弟弟說，你會被驕傲害死，小個子則回以謾罵：

「混蛋，蠢豬，智障。」

不久，蛆蟲從翅膀下面鑽出來，像是生命力旺盛的腫瘤，起先只是一些瘦小的，沒多久腐爛的肉裡冒出好幾隻身軀一環一環的肥蟲，在洞裡鑽進鑽出。大個子的臉龐迸發歡喜的光彩。他伸出兩根手指夾起自鳥屍頸部鑽出的一條蛆蟲，放進嘴裡，感覺黏稠的液體在咀嚼時爆開。他不記得自己曾嚐過這麼美味的食物。

「我會在你的屍體上大便。」

他又多吃了幾條，小個子瞪著他，語氣輕蔑地辱罵他。當他吃夠了，就抓起所能找到最肥美的一條遞給弟弟。

「吃，非常營養。」

「我不想吃你那該死的蛆蟲。」

「嚐起來像雞肉。而且不是冷的。」

「下地獄吧。去死吧。」

「你再不吃，死的就是你。」

「這樣一來就不用看你的豬臉。」

「吃。」

小個子餓到控制不了自己的肢體。他想拒絕卻伸出手，大個子將那一大條異常肥美的蛆蟲放在他手上，那多汁的模樣簡直和熟透的蘋果沒兩樣。

「虐待魔，卑鄙的死豬。我恨你。」

最後他吃了。他將黏稠的蟲屍咀嚼十來遍，那分泌出的苦澀汁液在他舌尖舞動著。他像條飢渴的狗滴著口水。吃起來不像雞肉，比雞肉好多了。他像個小男孩般哭了出聲。

「你最棒了。我愛你，我愛你。」

他們的餐宴持續了一整夜。

53

小個子仰躺在地上，張開雙手，彷彿自己被釘在十字架上。他說：「如果我想，我就能改變萬物的秩序。我能移動太陽，讓陽光在下午給我們溫暖，這樣午睡醒來就不會覺得冷。我能招來村子裡熟悉的氣味，讓我們的鼻子充滿剛出爐的麵包香，還有蘋果派、巧克力蛋糕。我能蓋一座從井底到樹上的螺旋梯，讓我們踩著梯子輕輕跳下來，不會受傷。我能將水變成牛奶，昆蟲變成母雞，樹根變成甘草根。我只要待在這裡就心滿意足，世界圍繞著我旋轉。這是發生在我們這些死人身上的事。」

「活人……活人就像小孩，他們玩著死亡遊戲。我曾和正直的人一起生活，他們不畏死亡；和精明的人一起生活，他們逃避死亡；和體弱的人一起生活，他們任憑死亡糟蹋。但是沒有人理解，一個視玩弄死亡為崇高之舉的世界是多麼渺小，多麼無意義。我不懂，到現在還是不懂……看著我……三個大步，這是我走到牆邊的全部距離。我的世界和他們的世界一樣都如此渺小；我的世界想要消滅我，就像讓嘴困住我的話，唾液令我口齒不清，我的戰爭只剩拖延結局發生。這就是一切？人類應該生活在沒有門窗的牆壁之間？這輩子是否還存在任何事物？兄弟，當然有！當然有！我知道！因為在我的腦袋，在無人監視的腦袋裡，沒有任何能阻擋我的事物。那片沒有圍牆、水井的土地完完全全屬於我。這是真的，因為我正在改變，對疼痛的感覺也不再相同，日子彷彿永恆般漫長。時間是我雙眼之間的交叉口。我的幼年會從明天開始，明天我將搖搖學步，明天我將牙牙學語。這是一股奇妙的感覺，像夏天來臨時的感覺……你以為我生病了？無知！你以為我撐不過去？我非常清楚你聽不進我的話，可是我的話並未因此喪失真實性。多希望你能看到我眼中所見，看到日子的黑暗。但我也希望你能感受到這股不可思議的溫暖，和愛的感覺多麼近似……你沒看見嗎？你沒感覺到包圍我們的液體？我們就像胎兒？這幾面牆是羊膜，我們漂浮其中，我們繞啊繞，等待遲來的光芒。這口井是子宮，你和我就要呱呱墜地，我們的哭聲是這個世界分娩時的痛苦哀號。」

大個子靜靜地聽著弟弟說話，能聽懂的不多。他一次比一次更不懂弟弟的話，他感覺小個子最後會拋下他，頭也不回地繼續著旅程。

於是他說：

「你出生時，醫生來不及趕到，是我從媽媽的肚子裡拉你出來。廚房裡滿地鮮血，你像隻小豬一樣嘶叫。我不知道該怎麼讓你安靜下來，所以我伸出一根手指放進你嘴裡讓你吸吮。媽媽睡著了，不久你也跟著睡，可你動也不動。你是那麼小巧，而且胸膛沒有起伏。我心想你死了，不知道，或許是我的手指毒死了你。我很驚慌……我奮力叫你，你醒來後繼續嘶叫，或許你感覺世界是個恐怖之地。我因此好幾個禮拜、好幾個月，都睡不著覺。」

「為什麼要對我說這些？」

「因為我要你明白我不怕死，我不會活著等一切結束。有時人生會給你選擇，唯一的辦法是奮不顧身行動，是全然的犧牲，我能承受。然而，我不能忍受看著你在這口井中的荒地上長大。這是個死不得安寧的文明沙漠，是個會讓你枯萎的墓園，就像花朵無法讓田野生氣盎然。而就是那種你會死的想法，讓世界變得如此狹小。」

59

小個子自稱發明家，他為哥哥籌備起藝文活動，他的一舉一動絕大部分是因為無法停止腦中的想像。

他反覆練習自創的「植物熊音樂」，這個創作源自拿乾樹根抽打身體特定部位的聲音。他拿自己的身體練習，故意抽打膝蓋、臀部、身軀和鎖骨，然而最令他愉快的是轉動雙臂和頭部，還有將脊椎扭得咯咯響。他瘦長的身軀彷彿彎彎曲曲的街區，到處是轉角，這讓他身上響起各種聲音，尖銳的、清脆的，同時擊打軟骨，手掌使勁拍打肚腹和胸膛，組合起來的旋律彷彿一首組曲。一場又一場的音樂會，一再重複的節奏是主要特色，也摻雜一些令人驚豔的和諧樂音，幾乎讓人忘記是骨頭作響的聲音。除了演奏交響曲，小個子特別享受上場前的詳細介紹，他慎重地擺出得宜的姿勢，一邊演奏一邊解釋作品內涵、原創性曲名，比如《髖骨和肋骨之歌》、《飢餓的手指》或《頭蓋骨的夜晚》。

他也籌畫水井洞穴之旅，在那兒舉辦各種短期畫展。他花許多時間伸著手指在水井牆壁上作畫，大多是抽象畫，再用石頭、樹根和腐爛的葉子裝飾。可惜空間有限，頂多完成兩、三幅畫，要想讓出空間給新作品，只能忍著心如刀割的感覺擦掉舊作。他要是能保留每一幅畫作，按時間序收藏，或許會有個心細的觀眾發現畫裡細膩描述他的井底人生，彷彿一幅異教徒的拜苦路[1]。〈人類氣味的狼群〉、〈海洋的誕生〉、〈第一條蛆蟲〉或〈安詳死去的鳥〉備受好評，預計入選為洞穴永恆收藏的畫作系列。

假使他精神滿滿，也會加上需耗費更多力氣的創作方式：肢體表演、民族舞蹈、人像雕刻及軟骨功，偶爾大個子會參與這些活動。但是近來這段日子食物匱乏，已經縮減熱鬧舉辦表演的次數。

每日的表演節目結束後，他哥哥會大聲鼓掌、吹口哨和歡呼幾分鐘，像個滿心感謝的觀眾。之後，如果他看小個子還有氣力，會喊起安可，要弟弟出來回以敬禮，然後兩人嘲弄表演老是不自覺變換內容，永遠不重複。

1 編注：天主教重現耶穌被釘上十字架過程的一種宗教活動，為總計十四處的追思朝聖之路，也作「聖路善工」。

幾個小時過後，他們又餓又累，幾乎記不得自己做了什麼、看到什麼，或聽到什麼。

61

「你是誰？」小個子問。

「你明明知道。」小個子回答。

「你怎麼來到這裡的？」

「和你一樣，掉進來的。」

「你這幾個禮拜去哪裡了？我沒看到你。」

「因為我閉著嘴巴。」

「你現在想說話了？」

「讓我們來說說話吧。」

大個子像頭野豬呼呼睡著。

「我會死嗎？」小個子問。

「會，總有一天會死。你擔心嗎？」小個子回答。

「偶爾。我想說些事，卻害怕地發現我沒時間說出來。我哥哥以為我胡思亂想，但是他錯了。這件事刻不容緩。」

「因為你是特別的吧。」

「對，我是特別的。我會想別人不去想的事，我看得見別人看不見的東西；即使他們看得見，也不曉得如何正確表達出來。」

「你的口氣像是你知道什麼是真相。」

「不對，我的口氣來自我厭倦錯下去。」

「所以你沒錯？」

「現在沒錯。錯的是其他所有的人。這口井，這幾面牆壁，這座森林，這座山。我虛擲光陰，恍惚度日，但現在我好多了。」

「你的臉色看起來不太好。」

「我快死了。但現在比任何時候都還精神百倍。」

「我們有機會離開這口井嗎？」小個子問。

「你有可能。再過二十八天。」小個子回答。

「那我哥哥呢？」

「睡覺的那個年輕人永遠沒機會，他會在井底化成骨灰。一定要有人賠命，換取讓你繼續活下去，你要知道這件事。」

「我不要他死，他比我強壯。」

「很多人都比你強壯。當時候到了，你會感激所有人。包括你哥哥。」

「我不知道我怎麼能……我沒東西可以給他們，有個洞，裡面可能有東西。」

「放棄你怎麼也奮鬥不了的事物吧。沒有人能填滿那空洞，那是你每天感到的飢餓。你不可能吃得飽。」

「聽起來真像詛咒。」

「我想就是詛咒。真抱歉。」

「別說抱歉。我能選擇，而我選擇了這條路。」

「你覺得你會在終點發現什麼？」

「我不在乎發現什麼。或許是懲罰，或許是獎賞。也或許是痛苦，只有痛苦，一種讓我眼睛刺痛得睜不開來的痛苦。對我來說都一樣。人生是美妙的，但活著實在難受。我想要停止這一生。想要呼喊長達一世紀唯一的字，而這個字是我真正的遺言。」

「給誰的遺言？」

「給聽得懂的人。」

「你覺得有人會記得我嗎？」小個子問。

「或許那些和你同時代同世代的人會。」小個子回答。

「那樣不夠啊。我不確定我是不是屬於某個世代，我身邊親愛的人都和我的年紀不同。所有人都會記得我，直到地球上再也沒有人類。」

「為什麼一定要這樣？」

「因為我知道是這樣。因為我會做到。因為我會在這口井活下去。因為我預見了。因為我的話讓人耳目一新。因為我是偉大的。」

「你並不是。你是小個子。」

「那只是我的名字。」

67

小個子低聲吟唱，但沒任何動作，彷彿腹語師的木偶，大個子開始血尿，他心想自己的時辰到了。一灘血水滲透地面，然後被泥土吸收。他感覺這是身體給的最後警訊。或許他太虐待身體了，或許就算住家裡，正常吃喝，這一天這個時辰他的腎臟就是會衰竭。他在棕色的土壤上灑了一地血水，露出微笑。

「我今天覺得好極了。」他說。

他望著弟弟恍惚的眼神，不得不問弟弟是否和他一樣出血卻一聲不吭。他望著那薄弱瘦小的紙片身軀，似乎不可能承受得了出血，然而這幾個禮拜弟弟表現出異常強烈的求生欲望，彷彿能承受任何痛楚，甚至是最嚴重的病痛。他這個骨瘦如柴的小東西奮力抵抗飢餓、口渴、高燒，寒冷和炎熱，他的頭腦生病了，精神卻始終飽滿。

他嫉妒弟弟的漠然和自私以及他灰暗色調的世界。

「你想玩嗎？」

小個子猛然回神。

「好啊，玩什麼？」

「猜謎。」

「我看看，我看看喔。」大個子說。

「你看到什麼？」

「一個小東西。」

「什麼小東西？」

「……N開頭的。」

小個子一臉好奇，摸著還沒長鬍鬚的下巴，瞇起眼睛。他了解哥哥，知道哥哥的意思，在井底能看到的選擇不多。但是他喜歡玩，遊戲最有趣的是遊戲本身。

「需要！」

「不對。」

他腦子裡有一堆N開頭的字，都是以困在這裡的處境來猜測。他決定稍微捉弄一下，試探哥哥的耐性。

「細胞壞死！」

「不對。」

「棺材！」

他稍微正經起來；哥哥似乎有點失望。

「孩子！」

「不對。」

「好難。給我一個提示。」

「好吧……你看得到卻摸不到。」

這真是個快樂時刻，他不想再拖延這一刻。

「雲朵！」

「對！非常好。」大個子歡呼，臉上露出大大的微笑。

「再玩一次！」

「……R開頭的。」

小個子真是欽佩哥哥的單純。對他來說，在這個對比鮮明的世界做決定很簡單，一切非黑即白。要做對事情也很簡單。

「怒氣！」

「不對。」

關在井底，他哥哥看到的是樹根。他不可能看到別的東西，因為他的目光就和狗差不多。看到的都是基本的，都是美麗的。他只需要一塊肉，和有人輕撫他的背部，感受自己被愛。樹根。對小個子來說，有些事物確實超過所能摸到的。

「真相！」

「不對！」

人類的殘軀。昆蟲的殘肢。光禿禿的膝蓋。反抗。瘋狂大笑。日常作息。儀式。鐵鏽。如果他哥哥懂的話，遊戲肯定更有趣。他可憐他，決定休戰。

「樹枝！」

「快！」

「快猜中了？」

「對，快點！」

但他不想哥哥認為他是笨蛋。

「樹根！」

「猜對！」

「好棒。」小個子笑得樂不可支。「現在換我了。」

「好吧，但是別選抽象的字。只能選看得到的東西。」

「沒問題。」

「我看看，我看看喔。」

「你看到什麼？」

「一個小東西。」

「什麼小東西？」

「……S開頭。S開頭的！」小個子盯著褐色的地面大喊。

71

「如果將普通人關進籠子。」小個子說。

「給他一條毯子、一個羽毛枕頭、一面鏡子，和一張他所愛的人的照片。找個方式養他，接下來幾年忘記他。這樣的條件下，大多數的囚禁者會失去勇氣，心中只剩怪罪，最後習慣籠子生活。」

「如果選個不凡的人，」他繼續說：「他重要的器官會萎縮，像是被吞噬般逐漸死去，他會看著鏡子發瘋，或者會罹患無藥可救的慢性病，這是一種無論如何他都注定會得的病。」

「另一方面，如果挑選的人富有反叛傾向，他會受批判精神的呼喚，想繼續囚禁他是不可能的：將反叛分子關在籠裡好幾年，他要不是逃走，就是小心翼翼利用手邊的物品自殺，或者在鑽出籠子的鐵欄杆時撕裂身體死去。然而真正的問題是，這些不會乖乖服從的人，在人類自覺最深處的本性生生不息：當一個死去，會有兩個替補他的位置。」

「接續前面，想想當所有咖啡館、書店、教堂、醫院，尤其是學校，屋頂都垂掛起籠子，至少有一個關的是反叛分子，是不甘現狀的人，是叛逆的人。想像一下他們的祭壇四周圍繞著人群，當籠中那些歪扭、蜷曲的身軀忍受惡意攻擊時會做出何種回應；他們會有什麼當眾挑釁的行為。想像一下場景換成醫院，他們堅定而高尚，就像藍色幫浦見證疾病和死亡，一抽一吸著記憶。想像一下教堂的囚犯幾乎眼盲，被迫與禱告和禮拜儀式陰森的靜謐相處。想像一下籠中的智者像枯花完美捲曲著，每個冬天隨東邊吹來的第一道寒風飛起。」

「想像一下……」

「想像一下我打造牢籠之鑰。我們要等幾年，非常多年，然後，當這個世界完全習慣藏起那些困在籠子裡的人，當傳統和漠然感染所有的失意者、被迫者，籠中人變成社會集合儲存的產物，一如家畜、家具和木乃伊，到那時，非得到那時我們才能釋放他們。」

「他們就像火，就像所有冬季無法征服的夏季。」

「弟弟，結局是到時世界就是我們的。」

73

醒來後，他想著當人欣然接受幻覺，和幻覺糾纏其理智甚至擊垮其靈魂，是兩件截然不同的事。不同之處在於態度。

「我要離開這裡。」小個子說。

「你會離開的，很快。」

「你不懂，我現在就要離開。我不舒服。我的理智一點一滴流失。」

小個子能清楚感受到那備感痛苦的不適。他知道他的器官已然放棄抵抗飢餓和天氣，它們或許還能再撐上幾天，但是他的腦子不可能復原。他頭好痛，彷彿腦中央冒出一個逐漸變大的氣泡，壓迫腦溝推擠腦殼，刺痛像是燒紅的別針插進他的回憶、計算能力，甚至湧出語言的深處。如果可以，他想將骨頭切成一塊塊碎片，讓顱內的腦從耳窩探出來透透氣。

實在痛不堪忍，小個子蜷曲在井底一角，手指按摩兩邊太陽穴。他喃喃自語，含糊不清的聲音像個初生嬰孩。

大個子擔心地看著他，搓揉他的背部，試著安撫他。

「忍耐點兒。」

幾個小時後，情況惡化，小個子流起了口水，沒辦法說出半句有意義的話。

「發抖……離開腦袋……」

他不想吃，因為不餓。只有一件事。他感覺腦袋深處裂開一個不見底的窟窿，他可以感覺到撐著思想的牆壁是如何崩裂，理智是如何墜入滿地垃圾的深淵，而受傷的理智像煙囪冒著煙。他正在脫離真實世界。他就快被打敗。

「我很急……」

大個子唯一能做的只有安慰他，聲稱相信他會睡著，他必須休息。他還沒準備好將弟弟救出這口井，他還需要幾天，或許一個禮拜。他只有一次機會，他不想冒險讓兩個半月的心血毀於一旦，儘管弟弟已經形銷骨立，幾乎撐不下去。他望著弟弟憔悴不堪、氣如游絲的模樣，彷彿一座被隕石擊中的城市，他心如刀割，更難過的是他知道自己很強壯，能夠有尊嚴地活下去，但是他不能施予同情，現在不能。如果他想實現承諾，就不能。

下著綿綿細雨的夜晚令人昏昏欲睡。大個子將幾條蛆蟲放進小個子嘴巴，再推到咽喉，逼他吞下去。他乖乖聽話，沒有反抗。

「謝謝，謝謝。」他說。

「不用謝我。吃吧。」

「我在一個很遙遠的地方……」

「我知道，但是我看得到你。」

「不……你看不到。」

「我現在正看著你，正對你說話。」

「你並不是對我說話，我只是回音。」

「快睡吧，別再說了。」大個子說，聲音不由自主顫抖。

「從幾個禮拜前，說話的人就不是我。」

大個子睜著漆黑的眼睛，看著彷彿包上黑色裹屍布的小個子，他就像某個史前孩子隨意的塗鴉。他抱起他，以一艘漂流海上的小船擺盪的節奏搖著他。一道彷彿穿越上百個世代的古老聲音，讓兩人不住發抖：

「睡吧，我的寶貝，睡吧。聽說人生多美妙，但是說歸說，沒有人知道將來會發生什麼。睡吧，我的寶貝，睡吧。最值得你等待的那天將會來臨：平靜地歇息吧。睡吧，我的寶貝，睡吧。寒冷的夜晚就要降臨，永遠地降臨，永遠不會離開我們。」大個子不自覺地哼唱，不知道自己說了些什麼。

79

小個子發癲那刻，抓了好幾把泥土吃下肚。他的臼齒磨著碎石咯吱咯喳響，砂粒割壞了牙齒琺瑯質，讓原本想擠出微笑的他面目變得猙獰。他花了幾秒彎腰吐出一團黑糊糊的泥巴和膽汁，但是臉上依舊掛著微笑。他像是復活過來。

「呸……呸……」他說。

大個子不知道他是餓了還是想自殺，看著微笑的他，想著他剛才可能一時神智不清。而突然間，大個子驚愕不已，因為又看見他扒起了土來吃。

即使神智不清，臉上還不忘掛著那抹瘋子的微笑。

接下來幾個小時，小個子有時神智短暫清醒，有時哭得斷腸，抽抽噎噎，或呢喃毫不連貫的話。他沒發燒；或者說他像是撞到頭，大腦因為腦震盪移位，在腦殼內旋轉。他嘔吐個不停。他的眼皮眨上眨下，像蒼蠅的翅膀，拍出一堆銅色的眼屎，從睫毛掉落，黏附在他的臉頰上。看不見的痲瘋病正在吞噬他。

「水。」他哀求。

大個子餵水給他喝。

「我好冷。」

大個子依偎在他身旁，抱住他整個身體。

「我好熱。」

大個子幫他脫下襯衫，在他脖子和後頸灑上清涼的水，接著拉拉自己的襯衫透透氣。

「我好髒。」

大個子脫掉他的褲子，拿溼泥清潔他的臀部，再幫他穿上褲子。

「我好怕。」

大個子抱起他，就像新郎抱著新娘，接著他搖著他。他是這麼瘦弱，大個子一隻手就能舉起他。

「殺了我吧。」

83

天色破曉，氣溫涼爽，讓人想繼續賴在溫熱的地面做夢，讓森林的聲響慢慢喚醒知覺。陽光曬暖了腳指頭、腳踝、雙腿，頭髮也豎立起來。一群群鳥兒在樹木間吱吱喳喳，接著振翅離去。大個子醒了，但是還閉著眼睛。他想再享受一會兒半夢半醒，讓飄飄然的感覺帶他到岸邊，因為他知道一看到天空，愉悅的感覺會消失無蹤，只剩下籠罩他那片井壁沉重的陰影。

他決定專注在眼睛的肌肉。他終於睜開眼睛，晨光照進眼底，像是光線的浮沫，刺得他瞇起眼好幾秒鐘，最後他吹一口氣打開眼皮。世界在旋轉。

他四周的泥土地面一片狼藉。他還沒完全清醒。他打呵欠，揉揉眼睛想讓地平線停止晃動。然後再打了個呵欠。好像有什麼不太一樣。他眨眨眼，定睛一瞧。

小個子不見了。

他感覺一道閃電從下體往心臟直竄上來，燒傷他的器官，震壞他的細胞。小個子不見了。他升高的腎上腺素化為無數沸騰的泡泡，像金屬暴雨澆淋在他昏沉的睡意，讓他像隻酸雨中的貓。小個子不見了。他急忙轉頭，四處張望，卻怎麼也看不到人，他的大腦無法接收四周的影像。他心想，怎麼可能。

他吸口氣，然後再度張望，這一次他不慌不忙。牆壁沒有足跡。沒有手印，沒有腳印，也沒繩索。假使他弟弟逃出這口井，那應該是飛出去。他再度張望，泥土地面有移動的痕跡，於是他停下來。角落有個小土堆，像是駝峰，他之前沒看過。他靠過去，那堆隆起物是一層層原生泥土堆起的小山。後方有個半掩的洞口，或說是半開的。

他衝向洞口，扒開一層層泥土，他明白了弟弟整晚都在往井底挖地道。他的雙手插進泥土然後舉高，當那雙宛如燒紅鐵鍬的手脫了皮，他痛得大叫，當他扒開最後一層土，指甲迸落如斷裂的夾子劃過空中，他繼續大叫，當他看見一公尺遠的地方露著半截身體，頭埋在一條垂直可笑的通道裡，仍繼續大叫，昨天弟弟還在，此刻卻像裹著泥濘的一塊肉，當他抓住那具布娃娃身體的雙腳，還繼續大叫，當他拉著弟弟，拖出那道弟弟挖掘的狹窄隧道，他繼續大叫，當他終於放下弟弟的身體，伸出軟綿無力的大手清潔眼前那副身軀，彷彿那是一隻髒鞋，他還是止不住喊叫著。

大個子撥開弟弟眼睛、耳朵和嘴上結痂變硬的泥巴。他試著將耳朵貼上弟弟的胸膛想聽心跳聲，可是什麼也聽不見。他不曉得弟弟是活著還是死了。他對準弟弟的嘴吹氣，接著按壓肋骨，然後再吹氣。他也不知道自己在做什麼，可直覺告訴他該怎麼做，他多做幾次他認為必要的動作，什麼也沒發生，一點動靜也沒有。他弟弟依舊動也不動。他吹的氣化作穿越兩人嘴脣的顫抖哭叫，他按壓的力道不知不覺越來越猛烈，彷彿鎚擊落在人骨棺材上。他抓住弟弟的肩膀，按在地上拚命搖晃，他停不下來，因為他的雙手抓得緊緊的，怎麼也鬆不開。

小個子的脖頸扭向一邊，頭往後垂，然後咳嗽了。他從喉嚨吐出一大口摻著泥土的痰，又繼續咳嗽。大個子停止大叫、捶打和吹氣，他屏住呼吸，平靜地看著弟弟。

「聽得見我的聲音嗎？」

小個子沒回答。只見他的胸膛起伏著，嘴中吐出熱氣，手指收緊又鬆開，像早產兒一樣脆弱

「聽得見我的聲音嗎？」

小個子又咳了起來。失去意識之前，他像是記起過去的某個語言碎片：

「九十七。五十三。四十三。四十七。十三。二十三。七十九。七十一。六十七。五。七。」

他坐起來，後背靠牆，啜飲著水。他就這樣度過一整個下午，軀體和雙腳還沾滿泥巴。他哥哥坐在一旁，溫順地看著他。他們一直沒說上半句話，直到現在。

「你做了什麼？」大個子問。

「挖洞。」

「我知道，我想問的是你為什麼幹這種事。」

「因為我不能再待在井底。我快瘋了。」

「你以為挖洞可以讓你離開這裡？」

「如果我不能從上面出去，我就要從下面出去。就算得像蛆蟲穿越世界。」小個子挑釁地說著。

大個子聽完後，認為時機已到。他不能再拖了。

他緩緩開口：「你準備好，我六天內會將你弄出這裡。」接著他躺下來睡覺。

89

近五天來，井裡的作息改變。大個子比之前更加賣力運動，並且讓肌肉充分休息來達到他的目標。他們將食物分成三份，照這樣的方式來分的：採集數量的一半當作存糧，以襯衫撕下的一塊布仔細打結包好，放進儲藏洞穴；另一半，其中三分之二給大個子，剩下的給小個子。

大個子也幫忙弟弟稍微穩定精神狀態，花許多時間整理他的回憶，引導他正確方向；同時建議弟弟多花點力氣起身走一走，提醒他什麼可以吃、什麼不能吃、幾點吃，怎麼拿樹枝搭蓋蔽身處，還有哪些地方適合休息。大個子尤其強調該往哪個方向走回家，雖然他不確定這口井確實的方位。至少他認識圍繞他們的森林，他認為這樣就夠了。

至於小個子，他預感事情即將出現轉機，於是打起精神，盡最大的努力抵抗這段日子以來的瘋癲，拚命記住哥哥的每個指示，有疑惑就問，或拿起乾樹根在地面畫地圖。當然，天黑後他依然會失常，神智顛倒，忘記自己是誰或身在何處，但白天大部分時間能保持清醒。

天亮後不久，他們默默吃著早餐。大個子做了幾套暖身運動，然後要弟弟伸展肌肉，弟弟雖然健康欠佳，但對哥哥唯命是從。他們做完運動，在存糧包一旁坐了下來。

「時候到了。」大個子說：「你走吧。」

「好。」

「你已經記牢所有我對你說的，對吧？」

「都記牢了。」

「你感覺如何？」

「緊張。我不知道沒有你是不是做得到。」

「你當然做得到。你和我一樣強壯，甚至更強壯。」

小個子露出靦腆微笑，笑容掩不住一股深沉的悲傷。

「你感覺呢？」他問。

「我感覺很好，我很開心你能離開這口井。」

「我也很開心能離開，但是我不開心丟下你一人在這裡。」

「別擔心，我會沒事。你過幾天就能來找我，我們再一起回家。」

「你保證？」

「當然！你也能保證？」

「我沒你該怎麼做到。」小個子回答，滿臉涕淚，抱住了哥哥。

「一切會順利，一切會順利。我們來認真討論。」

他們討論了該執行的細節。大個子告訴弟弟起初幾秒身體該採取什麼樣的姿勢，接著該換何種姿勢，若是摔下來又該換什麼姿勢才不會受傷。小個子帶點嘲弄的口氣，開玩笑說若是從上面摔下來，地面還在，這紓緩了兩人正面對的緊張氣氛。大個子繼續解釋。等他們討論完，早上差不多過了一大半，太陽在正確的位置上輝映發熱。他們必須去做，否則別無他法。

大個子承受著巨大的壓力。他知道他只有一次機會，兩人的未來都靠這次機會了。他的背脊竄過寒意，彷彿蠍子爬過。萬一失敗，只要他特別訓練過的動作中其中一個失誤，他弟弟就會小命不保。這些禮拜和這些天以來，他不斷鍛練身體，他弟弟卻逐漸消瘦，彷彿一陣強風就能吹跑那死屍般的軀體。他按照計畫反覆練習姿勢和轉圈，訓練忍耐的意志力……一切成果即將在這獨一無二的膽大時刻確認和揭曉。

也許他承受著巨大的壓力，是猜到身體會變成什麼模樣。他發現身體會支離破碎；他即將使出的力氣會將他的軟骨拆卸成一塊塊，肌肉撕裂成繩索纖維，血管爆開，引起皮膚下一片紫紅急性出血。他使力過後，身體會扭曲成一團，像個破娃娃，可以肯定的是他會動彈不得。他的身體從裡面炸開。他會孤孤單單。在這樣的狀況，能多活一天就是奇蹟。如果他的預測成真，他弟弟成功逃離森林，找到回家的路，實現他的誓言，最後回來找他，可能已經過了好幾天。最理想的狀況是弟弟的人生自此無需再依賴他。有史以來第一次。

「站起來。」他說。

「要開始了？」

「對，我們不能再拖。」

「好吧，來個道別？」

兩兄弟忍不住緊緊相擁許久。大個子將存糧緊緊綁在小個子的腰間褲耳。接著，他從一旁角落翻出母親老舊的食物布包，他弟弟斜睨布包，想起了早已遺忘的噩夢。大個子將布包拋出井外，掉到地面上時，袋子的細縫飄出一絲乳酪腐臭的甜味，發黑的乾麵包屑和乾癟的無花果散了一地，食物就像兩兄弟一樣已經腐爛變形。

「手給我。」他說。

小個子伸出手，不經意想起第一天井裡發生的事。他重溫過去情節，但是他們倆已經不同，這口井已經不同，甚至和真實世界的距離也已經不同。他們預備好動作，大個子打開雙腳站穩，準備加速。小個子單膝跪地，以免被拉過去，兩人死命抓緊彼此，指關節都泛白了。他們不再猶豫，開始旋轉。大個子將弟弟往上拉，動作乾淨俐落，他繼續轉圈，這時小個子先離地一個手掌高度，再轉又升高一個手掌高度，再往上一個手掌高度時身體幾乎完全與地面平行，他閉著眼睛，緊咬牙根，咬痛了牙齦，他繼續旋轉，速度越來越快，半空畫出的圈子越繞越大，當兩人轉到像是要跌倒在地或喘不過氣，小個子身體略微下降但沒有碰觸地面，接著再次斜斜往上繞圈，繞兩圈後，最後一次上升，大個子大喊就是現在，鬆開了弟弟，小個子依舊閉著眼睛，他在該鬆開的準確時刻鬆開，像人骨風箏從地面往太陽飛去，他輕飄飄的身體像一根花莖或一支箭，在日光底下飛越樹根之上，一片影子照在哥哥的臉上，轉了好幾圈之後他降落，像一片葉子飄落於井口外緣再過去一點的柔軟草地上。

小個子躺在草地上，露出燦爛的笑容。他伸出手輕撫瑪格麗特的葉子、小石子和地面。一切都變了。陽光不再一樣，氣味有所不同，森林聞起來千變萬化。他貪婪地聞著遠處飄來的水果芳香和杏仁甜味。他在草地上滾動身體摩擦成全然不同的顏色，像這輩子第一次那樣呼吸。他感覺自己才呱呱墜地。他哭出聲來。

接著他爬向井口，第一他還不想戳破身上的魔法，第二他怕一不小心又掉進井裡。他小心地探出頭，看見哥哥坐在地上，姿勢頗為怪異，雙臂往後折，雙腿癱在地上，彷彿是另一具身體。

「我們成功了！」小個子歡呼。

「哈哈哈！我知道，我們真厲害！你受傷了嗎？」

「一點點，可是我很好。你還好嗎？」

「我很好。」

他們注視彼此幾秒，不知道再說些什麼。他們感覺分開這麼遠有點奇怪，儘管他們的距離不過幾公尺遠。小個子再次開口：

「我想我該走了。」

「好。」

「我會回來找你。」

「好，但是你要先完成諾言。」大個子說。

「我知道。」

「希望你辦得到。」

「我已經在心裡演練很多遍。我不怕。」

小個子站起身，拿起掉在井口幾公尺外媽媽的布包。接著他再探向井口，看了哥哥最後一眼。

「為了她對我們做的事，殺掉她。」大個子說。

他又說：

「記住，是她將我們丟在這裡。你已經不愛她了。」

小個子踏上路程，哥哥的話還在森林裡、山巒間和所有的路上迴盪。大個子縮在井底一角，此刻他孤伶伶一人，他正在忍受會持續數小時甚至數天的痛苦折磨，他吐出最後幾個字，但沒人聽見他那刻薄的舌頭所摻雜的笑聲和嗚咽：

「桑可羅阿曼……」

97

小個子到家時，全身沐浴在傍晚橘紅的霞光裡。他鬆了一口氣，放下身上所有行李：一只布包、兩條繩子、一支小鏟子、幾根木樁以及一把獵刀。找到回家的路並不難：一條看不見的臍帶拉著他的肚臍往前。

此刻，他帶著全然不同的目光，凝視著這個美麗的赴死地點。

他依舊皮包骨。他的眼睛仍然深深凹陷在眼窩裡，彷彿累得連看的力氣都沒有。他雙頰的顴骨尖得好似能割破覆蓋在上面的皮肉。不過他的臉重拾了橄欖膚色，不再像個人形野獸。

他緩緩走向水井，專注該走的步數，計算到井口的距離，每踩一步就越靠近。他在距離兩公尺外停下腳步。他還看不到，也沒說半句話。他再踩一步，井底折射的光芒鑽進他的眼縫。

再一步就到了。他雙手撐在井邊，探頭往裡看。

這幾天對他來說恍若置身幻境。並不是找到回家路很難，也不是夜裡以地為床，或感覺迷路，或再次嚐到熟透的水果，而是哥哥不在身邊像是不得不忍受的窟窿。他感覺鯊魚啃掉自己半個身軀，走起路來，殘缺的身體掛著裸露的器官，他沒辦法填補這道窟窿，也無法保持尊嚴，只有滿心羞愧。

這幾天對他來說恍若置身幻境，他皮膚的每個毛孔溢出羞愧感，沾得他全身溼溼黏黏。在泥土路上，在籠罩絕望氣息的工廠裡，在銅礦坑裡，在受服從束縛的城市裡，人們紛紛退開。大家無法忍受他雙眼的光芒，因為那雙眼還映著水井的殘影。然而，每個人都和他一樣滿心羞愧，那是多年來過得渾渾噩噩堆疊的猥褻，於是他們默默護送著他，像一群刀槍不入的隊伍，一群從籠子裡傾巢而出的凡夫俗婦。

這幾天對他來說恍若置身幻境，他將和媽媽碰面，而她彷彿預感這場道別來臨，但沒有哭叫或抗拒。他不想知道她做出那樣的事是出於何種理由，但是，如果她面露欣喜，絲毫不見愧咎，就足以猜到必有他不知道的苦衷。他要拿出她留在井底給他們的老舊布包將她勒斃，他要她走之前明白，裡面的誘餌從沒打敗他們的靈魂，他們從未嚐過一口那虛偽的施捨，他們沒有投降，他們打敗渴望。

這幾天對他來說恍若置身幻境，他家四周圍繞著一群等待他的人，他閃躲眾人目光，獨自進屋，到最後他選擇離開，因為他不再有歸屬感，因為他明白他的靈魂早已遠離這個曾經屬於他的地方。

「我回來了。」他說。

他解開繩索，將兩條繩索的一頭繫上釘在地面的木樁。他拉起其中一條的另一頭綁在身上，腰部先繞三圈，再往鼠蹊部繞兩圈。無邊無際的人潮，淹過森林的邊界，屏氣凝神觀看這一幕好戲。他將第二條繩索的一頭丟進井底。接著他坐在井邊。與此同時，天色漸漸發白，宣告黑暗的時代終將結束，胸中一串諾言猶如繁花盛開，即使他死後依舊怒放，他考慮是否該割斷，讓自己掉進去，讓四季埋葬他的回憶，或不管如何，最好找回哥哥腐爛的軀體，高高掛起當作起義的象徵，他的忌日將會照亮昏暗，腳步聲漫天震響，當明日我們從這個不祥的睡夢甦醒，我們將帶著大海波濤洶湧般的勇氣，搗毀讓我們噤聲的圍牆，討回我們的位置，拿回我們的話語權。

國家圖書館出版品預行編目資料

偷亞提拉的馬的男孩／伊凡・雷皮拉（Iván Repila）作；葉淑吟譯. -- 一版. -- 臺北市：馬可孛羅文化出版：英屬蓋曼群島商家庭傳媒股份有限公司城邦分公司發行，2022.01
160面；13.5×19公分. --（Echo；MO0073）
譯自：El niño que robó el caballo de Atila
ISBN 978-986-0767-40-7（平裝）
878.57　110017805

【Echo】MO0073
偷亞提拉的馬的男孩
El niño que robó el caballo de Atila

作　　者❖伊凡・雷皮拉 Iván Repila
譯　　者❖葉淑吟
封面設計❖張　巖
排　　版❖張彩梅
總 編 輯❖郭寶秀
特約編輯❖周奕君
行銷業務❖許芷瑀

發 行 人❖凃玉雲
出　　版❖馬可孛羅文化
10483台北市中山區民生東路二段141號5樓
電話：(886)2-25007696
發　　行❖英屬蓋曼群島商家庭傳媒股份有限公司城邦分公司
10483台北市中山區民生東路二段141號11樓
客服服務專線：(886)2-25007718；25007719
24小時傳真專線：(886)2-25001990；25001991
讀者服務信箱：service@readingclub.com.tw
劃撥帳號：19863813　戶名：書虫股份有限公司
香港發行所❖城邦（香港）出版集團有限公司
香港灣仔駱克道193號東超商業中心1樓
電話：(852) 25086231　傳真：(852) 25789337
馬新發行所❖城邦（馬新）出版集團 Cite (M) Sdn Bhd.
41-3, Jalan Radin Anum, Bandar Baru Sri Petaling,
57000 Kuala Lumpur, Malaysia
電話：(603) 90563833　傳真：(603) 90576622
讀者服務信箱：services@cite.com.my
製版印刷❖前進彩藝有限公司
一版一刷❖2022年1月
定　　價❖330元

ISBN：978-986-0767-40-7（平裝）
ISBN：9789860767414（EPUB）

城邦讀書花園
www.cite.com.tw